AF603072

1903 - Décembre - 22

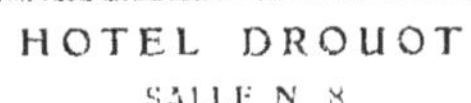

VIGNETTES

POUR

ILLUSTRER LES CLASSIQUES

ET LES

Auteurs Contemporains

PORTRAITS

VIGNETTES ROMANTIQUES

Eaux-Fortes

Lithographies

VENTE

Le Mardi 22 Décembre 1903

A DEUX HEURES

Me MAURICE DELESTRE

Commissaire-Priseur

M. PAUL ROBLIN

Marchand d'Estampes

CATALOGUE

DE

VIGNETTES

Pour illustrer les Classiques

ET LES

AUTEURS CONTEMPORAINS

PORTRAITS

VIGNETTES ROMANTIQUES

Dont la vente aux enchères publiques aura lieu

Hôtel des Commissaires-Priseurs, rue Drouot N° 9,

Salle n° 8.

Le Mardi 22 Décembre 1903

A DEUX HEURES

Par le Ministère de Me Maurice DELESTRE, Commissaire-Priseur,

5, Rue Saint-Georges, 5

Assisté de M. Paul ROBLIN, Marchand d'Estampes,

65, Rue Saint-Lazare, 65

PARIS 1903

CONDITIONS DE LA VENTE

Elle sera faite au comptant.

Les acquéreurs paieront *dix pour cent* en sus des prix d'adjudication.

MM. les amateurs pourront visiter la collection, 65, rue Saint-Lazare, du Jeudi 17 au Samedi 19 Décembre 1903.

DÉSIGNATION

ANACRÉON

1. Suite de cinq vignettes in-12 têtes de pages, gravées à l'eau-forte par Champollion d'après E. Lévy pour les *Odes*. Ed. Jouaust.

Epreuves avant la lettre sur papier de Chine.

BALZAC (Honoré de)

2. Deux vignettes in-8 gravées par Le Rat, pour *l'Eugénie Grandet*. Ed. des amis des livres.

Epreuves d'artistes sur papier du Japon. On y a joint une autre pièce à l'eau-forte pure. Ensemble trois pièces.

BARBEY d'AUREVILLY

3. Suite de un portrait par Rajon et cinq figures in-18 dess. et gravées à l'eau-forte par Buhot pour le *Chevalier Destouches*. Ed. Lemerre, 1879.

Epreuves en double état sur papier du Japon in-8 avant la lettre et en épreuves d'artiste avec croquis sur les marges (dites symphoniques). Ensemble onze pièces.

BEAUMARCHAIS

4. Suite de cinq figures in-8 d'après St-Quentin, gravées par Malapeau et Roi pour la *Folle journée* Ed. de 1784.

Epreuves à toutes marges gr. in-8.

5. Suite de un portrait par Ethiou et 4 figures in-8 d'après Tony Johannot, pour les *Œuvres*. Ed. Furne, 1829.

Belles épreuves avant la lettre sur papier de chine in-4.

6. Suite de 20 portraits et costumes gr. in-8 gravés d'après les dessins d'Emile Bayard pour le *Barbier de Séville* et le *Mariage de Figaro*. Ed. Laplace.

Epreuves en noir sur papier de Chine et coloriées sur papier vélin. Ensemble quarante pièces.

BÉRANGER

7. Suite de cent vingt figures in-8 gravées sur bois d'après les dessins de J. J. Grandville. Ed. Perrotin, 1838.
Epreuves sur papier de Chine appliqué, m. in-8.

8. — La même collection.
Belles épreuves sur papier de Chine volant, en feuilles gr. in-8.

9. Suite de sept figures in-18 gravées sur bois d'après Daubigny pour les *Chansons*. Ed. Perrotin, 1847.
Belles épreuves remargées à châssis, gr. in-8.

10. Suite de quinze figures in-8 à claire-voie de Henry Monnier pour les *Chansons galantes*. — Suite de sept figures in-18 pour une Edition Belge. — Suite de vingt figures in-8 de Henry Monnier, publiées vers 1870. Ensemble quarante-deux pièces.
Epreuves en noir et coloriées.

11. Suite de vingt-trois figures in-4 d'après Lemud pour *Les dernières Chansons* et *Ma Biographie*. Ed. Perrotin, 1863.
Epreuves avant la lettre sur papier de Chine in-4.

BLEMONT (E.)

12. Suite de treize figures in-4 gravées sur bois par Clément Bellenger d'après les dessins de L. Dunki pour *Wattignies*.
Epreuves en tirage à part sur papier pelure.

BOILEAU

13. Suite de un portrait par St-Aubin et six figures in-8 de Moreau le jeune pour le *Lutrin*. Ed. Renouard, 1808.
Epreuves avant la lettre en feuille gr. in-8. On y a joint la même collection avec la lettre. Ensemble quatorze pièces.

14. Suite de un portrait et vingt figures tête de page, dess. et gr. à l'eau-forte par Foulquier pour les *Œuvres*. Ed. Mame.
Epreuves avant la lettre sur papier de Chine volant gr. in-8.

BOSSUET

15. Suite de vingt dessins originaux et quatorze encadrements gravés sur bois pour le *Discours sur l'Histoire Universelle.* Ed. Curmer.

Fumés sur papier de Chine. On y a joint douze pièces pour les Saints Evangiles. Ensemble trente-quatre pièces.

16. Onze figures in-4 pour *Les Discours sur l'Histoire Universelle.* Ed. Curmer.

Très belles épreuves d'artistes dont deux portraits d'après Meissonnier.

BOULMIER

17. Figure in-8, dess. et gr. à l'eau-forte par Lalauze pour *les Villanelles.* Ed. Lizeux.

Quatre épreuves d'artistes avant toutes lettres.

BRILLAT-SAVARIN

18. Suite de cinquante-deux planches, dont un portrait dess. et gr. à l'eau-forte par Lalauze, pour la *Physiologie du goût.* Ed. Jouaust.

Epreuves sur papier Whatman in 8.

19. — La même collection.

Epreuves avant la lettre sur papier de Hollande gr. in-8.

BRANTOME

20. Suite de un portrait et onze figures in-12 gravées à l'eau-forte par Champollion d'après Henri Pille, pour les *Dames Galantes.* Ed. Arnaud et Labat.

Epreuves sur vergé. in-8.

21. — La même collection.

Epreuves avant la lettre avec remarques sur papier de Hollande gr. in-8.

CAQUETS DE L'ACCOUCHÉE (Les)

22. Suite de quatorze vignettes gravées à l'eau-forte par Lalauze, pour *les Caquets de l'Accouchée.* Ed. Jouaust.

Epreuves avant la lettre sur papier vergé gr. in-8.

CAZOTTE

23. Suite de douze figures in-18 de Lefèvre, pour *Ollivier*, poème. Ed. Didot, 1798.
Belles épreuves avant la lettre à toutes marges, tirées deux à la feuille.

24. — La même collection.
Epreuves avant la lettre, m. in-18.

CERVANTÈS

25. Suite de vingt-quatre figures in-18 de Lefèvre et Lebarbier, pour *Don Quichotte*, trad. de Florian, 1799.
Belles épreuves avant la lettre en feuilles pet. in-8.

26. Suite de douze figures in-8 de Vernet et Lami, pour *Don Quichotte*. Ed. Méquignon-Marvis, 1822.
Epreuves avant la lettre, en feuilles in-8.

CHEVIGNÉ (le Comte de)

27. Suite de huit vignettes in-8, têtes de pages, dess. et gr. à l'eau-forte par Foulquier, pour *les Contes Remois*.
Epreuves avant la lettre sur papier de Chine gr. in-8.

CHODERLOS DE LACLOS

28. Six figures in-8 d'après Monnet et Gérard pour *les Liaisons dangereuses*. Ed. de 1796.
Belles épreuves à l'eau-forte pure. On y a joint une épreuve double avant la lettre. Ensemble sept pièces.

CRÉBILLON (J. de).

29. Suite de neuf figures in-8 de Moreau le Jeune pour les *Œuvres*. Ed. Renouard, 1818.
Epreuves avant la lettre. On y a joint un portrait par Ficquet. Ensemble dix pièces.

DAUDET (Alph.).

30. Suite de un portrait et 6 figures in-8, dess. et gr. à l'eau-forte par Eug. Burnand pour *les Contes*. Ed. Jouaust.
Epreuves avant la lettre, avec remarques, sur Hollande in-4.

DAUDET (Alph.).

31. Suite de un portrait et cinq figures in-18, dess. et gr. à l'eau-forte par Buhot, pour *les Lettres de mon Moulin*. Ed. Lemerre, 1882.
Epreuves avant la lettre sur papier du Japon gr. in-8.

32. — La même collection.
Epreuves symphoniques sur papier du Japon in-4.

33. — Trois planches doubles.
Epreuves symphoniques sur Hollande in-4.

DELAVIGNE (Casimir).

34. Suite de un portrait et douze figures d'après Alfred Johannot pour *les Œuvres*. Ed. Furne, 1833.
Epreuves à toutes marges dans la couverture de publication.

DESAUGIERS

35 Suite de huit figures in-18 de Tony Johannot, pour les *Chansons*.
Epreuves avant la lettre sur papier de Chine, tirées deux à la feuille On y a joint quatre planches doubles. Ensemble douze pièces.

DIDEROT

36. Deux figures in-8, pièces refusées, gravées par R. de Los Rios, d'après Maurice Leloir, pour *Jacques le Fataliste*. Ed. des Amis des livres.
Neuf épreuves d'artistes en différents états.

FÉNELON

37. Suite de un portrait par Hubert et vingt-quatre figures in-8 de Marillier, pour les *Aventures de Télémaque*. Ed. Deterville, 1796.
Belles épreuves avant la lettre, en feuilles gr. in-8.

38. Suite de un portrait par Delvaux d'aprés Vivien et vingt-quatre figures in-18 de Lefebvre pour les *Aventures de Télémaque*. Ed. Didot, 1796.
Belles épreuves avant la lettre, en feuille in-8.

FÉNELON

39. — La même collection.

Epreuves avec la lettre, m. gr. in-8. (Le portrait est plus court).

40. Suite de un portrait par Delvaux d'après Vivien et vingt-cinq figures in-8 de Moreau le Jeune pour les *Aventures de Télémaque*. Ed. Renouard, 1809.

Epreuves à toutes marges.

41. — La même collection.

Très belles épreuves avant la lettre, en feuilles in-4. Le portrait manque.

FIELDING

42. Suite de neuf figures in-18, gravées par De Launay, Delignon et autres d'après Borel, pour *Tom Jones*, tiré des romans de La Place.

Belles épreuves avant la lettre, marges in-8.

43. Suite de douze figures in-8 de Moreau le Jeune, pour *Tom Jones*. Ed. Didot, 1833.

Epreuves avant la lettre sur papier de Chine in-4.

44. Suite de quatre figures in-8, d'après Alfred Johannot, pour *Tom Jones*. Ed. Furne, 1836.

Epreuves à toutes marges dans la couverture de publication.

FLAUBERT (Gustave)

45. Suite de un frontispice et six figures in-12, dess. et gr. à l'eau-forte par Boilvin, pour *Madame Bovary*. Ed. Lemerre, 1876.

Epreuves sur papier de Hollande.

46. Suite de huit figures in-18 composées et gravées à l'eau forte par Pierre Vidal pour *Salambò*. Ed. Lemerre, 1884.

Epreuves en double état : avec la lettre sur papier de Hollande in-12 et avant toutes lettres sur papier du Japon in-4. Ensemble seize pièces.

FOE (Daniel de)

47. Trente-neuf figures in-8 gravées sur bois d'après les dessins de Déveria pour *Robinson Crusoé*. Ed. de 1836.

Epreuves sur papier de Chine volant.

GALLAND

48. Suite de douze figures in-8 dessinées et gravées à l'eau forte par Lalauze pour les *Mille et une nuits*. Ed. Jouaust.

Epreuves d'artistes, la plupart avec remarques, sur Hollande et sur Japon.

GAUTIER (Théophile)

49. Suite de dix figures in-12 gravées à l'eau forte par Poirson d'après Taluet pour *Mademoiselle de Maupin*.

Epreuves avant la lettre, sur papier Whatman in-4.

GÉRARD (l'abbé)

50. Suite de six figures in-8 de Moreau le jeune pour le *Comte de Valmont*, 1807.

Epreuves avant la lettre, m. in-8.

GESSNER (Salomon)

51. Suite de soixante-quinze figures, frontispices et portraits d'après Le Barbier, pour les *Œuvres*. Ed. de 1786-1793.

Belles épreuves à toutes marges non ébarbées.

GŒTHE

52. Suite de quatre figures in-8 de Tony Johannot, pour *Werther*. Ed. Crapelet, 1845.

Deux exemplaires avec la lettre.

53. Suite de vingt-six figures grand in-8 lithographiées par Muret pour *Faust*.

On y a joint deux portraits différents de l'auteur, ensemble vingt-huit pièces.

GŒTHE

54. Suite de dix figures in-8 dess. et gr. à l'eau-forte par Tony Johannot pour *Werther*, publiées par Goupil et Vibert 1844.

Belles épreuves avant la lettre sur papier de Chine petit in-fol. (tirage à 90 exemplaires).

GRAFFIGNY (Mme de)

55. Un portrait par R. de Launay et quatre figures in-18 pour les *Lettres d'une Péruvienne*. Ed. Didot, 1798.

Epreuves avant la lettre, grandes marges.

GRESSET

56. Suite de huit figures in-8 de Moreau le jeune pour les *Œuvres*. Ed. Renouard 1811.

Epreuves avant la lettre en feuilles in-4.

GUIRLANDE DES MARGUERITES (La)

57. Sonnets dédiés à la ville de Nérac, éditée par les soins de Faugère-Dubourg. Un portrait par Desboutins, un frontispice par Lepic et 10 figures in-8 gravées à l'eau-forte par Lespiault, Dufau et Seignoret. *Bordeaux, Lefebvre, 1876.*

Epreuves à toutes marges dans la couverture illustrée de publication.

HÉNAULT (Président)

58. Suite de un titre gravé et trente-cinq estampes allégoriques des événements les plus connus en France, gravées par Martini, Aliamet, Prévost, d'après les dessins de Cochin pour l'édition Prault, 1768, in-4.

Belles epreuves, la plupart à toutes marges.

HUGO (Victor)

59. Suite de quatre figures in-12 gravées à l'eau-forte par Massé, d'après L. Montaigut, pour les *Contemplations*.

Epreuves en double état : avant la lettre et à l'eau-forte pure sur Hollande et sur Japon.

HUGO (Victor).

60. Suite de vingt figures in-8 d'après de Neuville pour illustrer les *Misérables*. Paris, Lacroix.
Epreuves sur papier de Chine gr. in-8.

61. Suite de dix figures in-8 gravées à l'eau-forte par Guérard, pour les *Châtiments*.
Epreuves avant la lettre sur papier de Chine.

62. — La même collection.
Epreuves avant la lettre sur Hollande.

KARR (Alphonse)

63. Suite de quatre gravures inédites de de Bar (1854-55) pour le *Voyage autour de mon jardin*. Ed. Curmer.
Belles épreuves.

LA BRUYÈRE

64. Suite de un portrait et dix-sept figures in-8 têtes de pages, dess. et gr. à l'eau-forte par Foulquier pour *les Caractères*. Ed. Mame.
Epreuves avant la lettre sur papier de Chine volant, grand in-8.

LAFONTAINE

65. Suite de deux portraits et quatre-vingts figures in-8 d'après Eisen pour *les Contes*. Ed. des Fermiers Généraux, 1762.
Belles épreuves, la plupart à toutes marges.

66. — La même collection.
Bonnes épreuves, marges.

67. Onze planches refusées de l'éd. des Fermiers Généraux.
Les sujets sont : Le mari cocu, battu et content. — La servante justifiée. — La gageure des trois commères. — Le calendrier des vieillards. — A femme avare galant escroc. — On ne s'avise jamais de tout. — La coupe enchantée. — Le petit chien qui secoue des pierreries. — La clochette. — L'oraison de Saint Julien. — Les oies de frère Philippe.

LA FONTAINE

68. Réunion de quarante-six figures in-8, d'après Ch. Eisen, pièces de remarque pour *les Contes*. Ed. des Fermiers Généraux, 1762.

Planches découvertes : Le cas de conscience. — Le Diable de Papefiguière. — Les Lunettes. — Le Rossignol. Quatre pièces.

Planches refusées : Le mari cocu, battu et content. — Le savetier. — La servante justifiée. — La gageure des trois commères. — Le calendrier des vieillards. — A femme avare galant escroc. — On ne s'avise jamais de tout. — La coupe enchantée. — Le petit chien qui secoue des pierreries. — La clochette. — Le juge de Mesle. — Sœur Jeanne. — Les oies de frère de Philippe. — L'oraison de St-Julien. — Les Rémois. — Comment l'esprit vient aux filles — Le tableau. — Le contrat. — Le rossignol. Dix-neuf pièces.

Planches d'Etat : Portrait de Choffard, tirage à part. avant les traits autour du médaillon. — Mazet de Lamporecchio, avec les noms d'artistes gravés. — Les deux amis, avec les noms d'artistes tracés à la pointe. Trois pièces.

Planches avec variantes : Le mari cocu et content, gr. par de Longueil. — Alix malade, avant et avec les ornements. — Féronde, avec et sans bonnet. — Le cas de conscience, couvert. — Les Cordeliers de Catalogne par Baquoy et de Longueil. — Le remède, avant et avec les ornements. Dix pièces.

Planches diverses gravées par divers artistes d'après les dessins d'Eisen, avec ou sans entourages : Joconde. — Le cocu battu et content. — Le mari confesseur, 2 états. — La servante justifiée. — Le gascon puni. — Les oies de frère Philippe. — Mazet de Lamporecchio. — Les deux amis. — La cruche cassée. Dix pièces.

69. Suite de soixante-douze figures in-12, gravées à l'eau-forte d'après Oudry pour *les Fables*. Ed. Lemerre, 1875.

Epreuves sur vergé.

70. Suite de un portrait et cinquantes vignettes têtes de pages, dess. et gr. à l'eau-forte par Foulquier, pour *les Fables*. Ed. Mame, 1875.

Epreuves avant la lettre sur papier de Chine volant, gr. in-8.

71. Suite de un portrait d'après Ficquet et quatorze figures in-18, têtes de pages gravées à l'eau-forte par Milius d'après Moreau le jeune, pour *les Fables*. Ed. Rouquette, 1883.

Epreuves en double état sur papier du Japon in-8, eaux-fortes pures et avant la lettre.

LA HARPE

72. Un frontispice et quatre figures in-18 de Marillier, pour *Tangu et Félime*. Ed. Pissot, 1780.

Belles épreuves à toutes marges.

LAMARTINE

73. Suite de cinq figures in-8 dessinées et gravées par Tony Johannot pour *les Confidences*. Ed. Perrotin.

Epreuves avant la lettre.

LESAGE

74. Suite de douze figures in-18 dess. et gr. par Chodowiecky, pour *Gil Blas*. S. d.

Epreuves remargées gr. in-8. (Incomplète de la planche 2).

75. Suite de cent figures in-8 de Bornet, Duplessis-Bertaux et Charpentier, gravées sous la direction de Hubert, pour *Gil Blas*. Ed. Didot, 1795.

Epreuves du 1er tirage sur papier fort, m. pet. in-8. (Manque 2 planches).

76. Suite de un portrait gravé par Lingée, et vingt-huit figures in-18 de Monnet pour *Gil Blas*. Ed. Chaigneau, 1796.

Belles épreuves avant la lettre, m. pet in 8

77. Suite de douze figures in-8 de Marillier, toutes gravées par Villerey, pour *Gil Blas*. Ed. Bertin, 1797.

Très belles épreuves avant la lettre, remargées à châssis, gr. in-8.

78. Suite de vingt-quatre figures in-8 de Smirke, pour *Gil Blas*. Ed. Longmann, Hurst and Co. 1809.

Très belles épreuves avec la lettre grise, en feuilles in-4. (Légères piqûres d'humidité).

79. Suite de 9 figures in-8 de Desenne, pour *Gil Blas*. Ed. Lefèvre, 1820.

Belles épreuves avant la lettre, marges in-8 et gr. in-8.

LESAGE

80. Suite de vingt-quatre figures in-18 de Smirke, pour *Gil Blas*. Ed. de Hurst, Robinson and C°, 1822.

Très belles épreuves avec la lettre grise, en feuilles in-4, de la plus grande fraicheur.

81. Suite de vingt-quatre figures in-4, par Baptiste, lithographiées par Engelmann, 1823, d'après Smirke, pour *Gil Blas*.

Belles épreuves sur papier de Chine, en feuilles. Tirage à 25 exemplaires, et publiés à 80 fr.

82. Suite de vingt figures gr. in-8, d'après Gavarni, pour *Gil Blas*. Ed. Morizot.

Belles épreuves sur papier de Chine, du 1er tirage, en feuilles.

83. Suite de vingt et une estampes gr. in-8, pour servir à l'illustration de *Gil Blas*, dess. et gr. à l'eau-forte par Lalauze. Paris, Bouveyre, s. d.

Epreuves de choix avant la lettre, imprimées sur papier du Japon, in-4. (Tirage à cent exemplaires. N° 97).

84. Suite de vingt-deux figures in-8, dess. et gr. à l'eau-forte par R. de Los Rios, pour les *Œuvres*.

Epreuves avant la lettre sur papier du Japon, publiées par P. Rouquette. *Gil Blas*, 12 p. *Don Guzman d'Alfarache*, 6 p. *Le Bachelier de Salamanque*, 4 p.

85. Suite de un portrait et huit figures in-8, dess. et gr. à l'eau-forte par Lalauze, pour le *Diable boiteux*. Ed. Jouaust.

Belles épreuves d'artistes, à l'eau-forte pure, sur Hollande in-4, très rare.

86. — La même collection.

Belles épreuves d'artistes, terminées, avant toute lettre et avec remarques, sur Hollande in-4. Rare.

87. Suite de neuf figures in-12, gravées à l'eau-forte par Monziès d'après Pille pour le *Diable boiteux*. Ed. Lemerre.

Epreuves avant la lettre sur papier de Chine volant gr. in-8.

LESAGE

88. — La même collection.

Épreuves sur papier vergé.

89. Suite de six figures in-8, dess. et gr. à l'eau-forte par Ricardo de Los Rios pour *Guzman d'Alfarache.* Ed. Rouquette.

Épreuves en double état : avant la lettre, et épreuves d'artistes avec remarques sur papier du Japon in-4.

LEVAYER DE BOUTIGNY

90. Trois frontispices par Cochin, Moreau et Eisen, trois fleurons de titres et vingt vignettes têtes de pages par Eisen, pour *Tarsis et Zélie*, 1774, in-8.

Tirages à part sur papier ancien.

LONGUS

91. Six figures in-4 de Gérard pour *Daphnis et Chloé.* Ed. Didot, 1800.

Belles épreuves avant la lettre en feuilles in-4.

92. Suite de six figures in-8 d'après Prudhon, Gérard, Albrier Hersent, pour *Daphnis et Chloé.* Ed. Janet.

Belles épreuves à l'eau-forte pure sur blanc, en feuilles in-4.

LOUVET DE COUVRAY (J.-B.)

93. Suite de vingt figures in-8 gravées sur acier d'après Marckl et Rogier pour *l'histoire du Chevalier de Faublas.* Ed. Lavigne, 1836.

Épreuves sur papier de Chine grand in-8, dans la couverture de publication.

94. Quarante-sept figures in-8 gravées sur bois d'après Baron, Français et C. Nanteuil, pour les *Aventures du Chevalier de Faublas.* Ed. Mallet, 1847.

Tirages à part des grands bois sur papier vélin, en feuilles.

LUCRÈCE

95. Suite de 1 frontispice et 6 figures in-4 de Monnet avec entourage, pour *De la nature des choses*. Ed. Bleuet, 1794.

Très belles épreuves avant la lettre à toutes marges.

MAISTRE (Xavier de)

96. Suite de un portrait et cinq figures in-12 dess. et gr. à l'eau-forte par Hédouin, pour le *Voyage autour de ma chambre*. Ed. Jouaust.

Epreuves avant la lettre sur papier de Hollande.

MARGUERITE DE NAVARRE

97. Soixante-et-onze figures in-8, d'après Freudenberg, pour *l'Heptaméron Français*. Ed. de Berne, 1780-1781.

Très belles épreuves du 1er tirage en feuilles gr. in-8, rare. (Il manque trois frontispices et deux planches, pour que la suite soit complète)

98. Suite de un frontispice par Dunker et soixante-treize figures in-8 de Freudenberg pour l'*Heptaméron*. Ed. publiée par la Nouvelle Société typographique. Berne 1780-1781 in-8.

Tirage moderne sur vergé in-8.

MARMONTEL (J.-Fr.)

99. Suite de six figures in-8 d'après Patas, pour *le Huron*, comédie en 2 actes, 1769.

Belles épreuves, marges in-8.

100. Quinze en-têtes et 10 culs-de-lampe d'après Eisen, pour les *Chefs-d'œuvre dramatiques*, 1773, in-4.

Superbes épreuves en tirage à part, la plupart en feuilles in-4.

101. Suite de un frontispice et dix figures in-8 de Moreau le jeune, gravés par de Launay, Duclos, de Ghendt, Helman, Leveau, Née et Simonet, pour *Les Incas*. Edition de 1777.

Epreuves avec la lettre, à toutes marges (2 fig. plus courtes de marges).

MOLIÈRE

102. Suite de un portrait par A. de Saint-Aubin, et trente figures in-8 de Moreau le Jeune pour les *Œuvres*. Ed. Renouard. Sans date.

Très belles épreuves avant la lettre, en feuilles gr. in-8, rare.

103. Vingt-sept planches doubles.

Belles épreuves avant la lettre, grandes marges.

104. Suite de un portrait par Taurel, et dix-huit figures in-8 de Desenne pour les *Œuvres*. Ed. Lefèvre, 1824.

Belles épreuves avant la lettre, sur papier de Chine, marges irrégulières.

105. Suite de vingt-sept portraits in-8, gravés à l'eau-forte par Fr. Hillemacher, pour la *Galerie de la troupe de Molière*. Ed. Scheuring.

Superbes épreuves de graveur avant la lettre, en feuilles, rare.

106. Suite de un portrait, un fleuron de titre et trente-trois figures in-18, gravées à l'eau-forte d'après Boucher, pour les *Œuvres*. Ed. Lemerre.

Belles épreuves en triple état sur papier de Chine volant, avant la lettre, tirage en noir et à la sanguine, et avec la lettre en noir ; ensemble 105 pièces.

107. Suite de un portrait, un frontispice et trente figures in-8, gravés à l'eau-forte par Flameng d'après Louis Leloir, pour les *Œuvres*. Ed. Jouaust.

Epreuves avant la lettre sur papier de Chine à toutes marges.

108. Suite de un portrait et trente-trois figures in-8, dess. et gr. à l'eau-forte par Lalauze, pour les *Œuvres*. Ed. Paterson.

Epreuves avant la lettre sur papier de Hollande, in-4.

109. Suite de un titre et trent-cinq figures in-8, dess. et gr. à l'eau-forte par Ed. Hédouin, pour illustrer le *Théâtre*. Paris, D. Morgand, 1888.

Epreuves avant la lettre sur papier de Chine in-4, toutes signées par le graveur.

MONTESQUIEU.

110. Un portrait par Tardieu et treize figures in-4, d'après Chaudet, Moreau le Jeune, Perrin, Peyron et Vernet, pour les *Œuvres*, 1796.

Belles épreuves en double état : avant et avec la lettre, en feuilles ; on y a joint un portrait in-4 gr. par Littret, épreuve à toute marge Ensemble vingt-neuf pièces.

111. Suite de quatorze figures in-8 dont un portrait, d'après Moreau, Chaudet et autres, pour les *Œuvres*. Ed. Plassan, 1796.

Belles épreuves avant la lettre sur papier de Chine, en feuilles in-4.

MOREL DE VINDÉ

112. Suite de six figures in-18 de Lefèvre, pour *Zélomir*. Ed. Didot, 1801.

Belles épreuves avant la lettre à toutes marges. On y a joint deux planches doubles à l'état d'eaux-fortes pures. Ensemble huit pièces.

MURGER (Henri).

113. Suite de dix figures in-8 dont un portrait gravé à l'eau-forte par Courtry d'après les dessins de Montader, pour la *Vie de Bohème*. Ed. Magnier et Cie.

Épreuves sur Hollande.

114. La même collection.

Épreuves à l'eau-forte pure avec remarques sur papier du Japon, in-4.

MORLIÈRE (La).

115. Suite de sept *dessins originaux* à la plume et à la sanguine par Chauvet, pour *Angola* ; histoire indienne.

On y a joint deux dessins à l'encre de Chine du même artiste avec variantes. Ensemble neuf pièces.

MUSSET (Alf. de).

116. Suite de quarante-deux figures in-12, gravées à l'eau-forte par Monziès, d'après H. Pille, pour les *Œuvres*.

Épreuves avant la lettre sur papier de Chine, gr. in-8.

MUSSET (Alfred de)

117. — La même collection.
Epreuves avant la lettre sur papier de Chine, tirées à la sanguine, gr. in-8.

118. — La même collection.
Epreuves avant la lettre sur papier de Chine gr. in-8.

119. Suite de un portrait et quinze figures in-8, gravées à l'eau-forte par Boilvin d'après Delort, pour les *Œuvres*. Ed. Jouaust.
Epreuves avant la lettre sur Hollande pet. in-4.

120. Huit portraits différents et huit figures in-18, grav. à l'eau-forte par Lalauze d'après les dessins de Bida, pour les *Œuvres*. Ed. Charpentier.
Epreuves avant la lettre sur papier de Chine.

121. — Suite de un portrait in-8 d'après la statue de Granet. — Un portrait vu de dos, fac-simile du dessin de Th. Gautier. — Un portrait-charge d'après la vignette de Nadar, tiré des Binettes contemporaines. — Musset et Balzac d'après la vignette sur bois de Th. Gautier. — Trois vignettes d'après Célestin Nanteuil, pour *Namouna. La coupe et les lèvres. A quoi rêvent les jeunes filles.* Ensemble sept pièces gravées à l'eau-forte par Charbonnel et publiées par M. Clouart.
Epreuves avant la lettre tirées en bistre et à la sanguine. Six sont en double. Ensemble treize pièces.

122. — Portraits par : Pollet, Legenisel, Riffault, Nargeot. Eau-forte de Rops, pour *Dom Paez*. Lithographie de Nanteuil, pour le *Rhin allemand*. Vignettes d'après Bida, etc. Ensemble dix-neuf pièces.
Belles épreuves d'artistes, la plupart en états différents.

NODIER (Charles)

123. Suite de huit figures in-8 gravées à l'eau-forte par Tony Johannot, pour les *Contes*. Ed. de 1845.
Belles épreuves avant la lettre sur papier de Chine, in-fol.

NOGARET

124. Suite de douze vignettes têtes de pages, pour *le fond du sac*. Ed. Leclère.

Épreuves en triple état, eaux-fortes pures et avant la lettre, tirage en noir et en sanguine.
(Manque une eau-forte).

OVIDE

125. Réunion de 110 figures in-8, dont un frontispice, avec portrait de l'auteur et un cul-de-lampe final, d'après Boucher, Choffard, Eisen, Gravelot, Leprince, Monnet, Moreau, Parisot et Saint-Gois, pour les *Métamorphoses*. Ed. Banier, 1767-1770.

Très belles épreuves avant la lettre, grandes marges, dont 25 avant toute lettre. Les pièces manquantes sont : numéros 9, 12, 13, 14, 19, 21, 23, 28, 35, 39, 46, 50, 54, 55, 56, 61, 64, 70, 81, 82, 86, 88, 89, 92, 96, 103, 107, 110, 113, 130, 131, 137, 139.

126. — Un frontispice, une feuille de dédicace, un cul-de-lampe final, quatre fleurons de titres, et trente vignettes têtes de pages, dess. et gr. par P. P. Choffard, pour les *Métamorphoses*. Ed. Banier, 1767-1770.

Très belles épreuves en tirages à part, grandes marges ; manque trois en-têtes correspondant aux num. 2, 4, 27.

127. — Vingt-deux fleurons et en-têtes, doubles des précédents.

Très belles épreuves en tirage à part, marges.

PERRAULT

128. Suite de vingt-et-une figures et portrait in-8, pour les *Contes de fées*. Ed. L. Perrin de Lyon.

Tirage en bleu sur papier de Chine.

PLÉIADE (La)

129. Seize vignettes et frontispices pour la *Pléïade*. Ed. Curmer.

Belles épreuves, la plupart sur papier de Chine.

POPE

130. Suite de un portrait d'après Kneller et dix-sept figures d'après Stothart, Singleton et autres, pour les *Œuvres.* Ed. de Londres, s. d.

Superbes épreuves avant toutes lettres en feuilles in-4.

PORTRAITS

131. Poètes et littérateurs, gravés par Ingouf et Gaucher. Dix-huit portraits in-12.

Très belles épreuves en feuilles, plusieurs sont avec la lettre grise.

132. Portraits des personnages les plus célèbres, d'après les dessins et sous la direction d'Alexandre Desenne. *A Paris, Ménard et Desenne, 1827.*

Belles épreuves avant la lettre ou avec la lettre grise, gr. in-8 à toutes marges.

133. Suite de quarante portraits in-8, de dessinateurs et graveurs du XVIIIe siècle, gravés par Ad. Varin pour servir à illustrer l'ouvrage de Béraldi et Portalis: *Graveurs du XVIIIe siècle.*

Epreuves avant la lettre sur papier de Chine, tirées en bistre, in-4.

134. — La même collection.

Epreuves avant la lettre sur papier de Chine, tirées en bistre

PRÉVOST (L'abbé).

135. Suite de huit figures in-18 de Lefèvre, pour *Manon Lescaut.* Ed. Didot, 1797.

Epreuves remargées à plats, gr. in-8.

136. Deux vignettes in-18 de Desenne, pour *Manon Lescaut.* Ed. Werdet, 1825.

Epreuves avant la lettre sur papier de Chine in-8. On y a joint le portrait de l'auteur, gr. par Thérèse De Vaux, in-4. Ensemble trois pièces.

PUFFENDORF

137. Quarante vignettes têtes de page et culs-de-lampe d'Eisen, pour *l'Introduction à l'histoire universelle.* Ed. Mérigot, 1753.

Belles épreuves en tirages à part, marges.

QUINZE JOYES DE MARIAGE

138. Suite de vingt et une vignettes, dess. et gr. à l'eau-forte par Lalauze pour les *Quinze Joyes de Mariage.* Ed. Jouaust.

Epreuves avant la lettre sur papier vergé, gr. in-8.

RABELAIS

139. Suite de un portrait et treize figures in-18 de Desenne gravées sur bois par Thompson, pour les *Œuvres.* Edition Desoer.

Epreuves sur papier de Chine appliqué sur blanc, marges, gr. in-8.

RACINE.

140. Suite de un portrait par Gaucher et douze figures in-8 de Gravelot, pour les *Œuvres.* Ed. Cellot, 1768. — Suite de un portrait par St-Aubin et de douze figures in-8 de Moreau le Jeune, pour les *Œuvres.* Edition Renouard.

Ensemble vingt-six pièces.

141. Suite de un portrait par A. de Saint-Aubin et douze figures in-8 de Garnier, pour les *Œuvres.* Ed. Lenormant, 1808.

Belles épreuves avant la lettre, en feuilles in-4.

142. Suite de un portrait par Dupréel, et douze figures in-8 de Moreau le Jeune, pour les *Œuvres.* Ed. Raymond et Ménard, 1811.

Très belles épreuves avant la lettre, marges, gr. in-8.

RACINE

143. Suite de un frontispice d'après Prudhon et douze figures in-8 d'après Gérard, Girodet, Taunay, pour les *Œuvres*. Ed. Lefèvre, 1820.

Très belles épreuves avant la lettre, sur blanc, marges, gr. in-8. On y a joint une planche double gravée par Villerey, pour *Alexandre*.

144. Suite de un portrait par Ethiou, et douze figures in-8 d'après Gérard, Girodet, Desenne et Devéria, pour les *Œuvres*. Ed. Furne, 1827.

Belles épreuves avant la lettre, sur papier de Chine, en feuilles in-4.

RÉGNARD (J.-F.)

145. Suite de un portrait et douze figures in-8 de Borel, pour les *Œuvres*. Ed. Maradan, 1790.

Belles épreuves en feuilles (Manque une pl.).

146. Suite de un portrait et douze figures in-8 de Desenne, pour les *Œuvres*. Ed. Dufart, 1828.

Épreuves sur papier de Chine in-4 dans la couverture de publication.

RÉVOLUTION FRANÇAISE

147. Six frontispices et soixante-dix vues de batailles in-8, dessinées par Couché et Gudin, gravées par Couché et Bovinet, pour les *Trophées des Armées Françaises*, 1792-1815.

Très belles épreuves à l'eau-forte pure, marges.

RICHER

148. Quinze figures in-8 d'après Moreau et Marillier pour le *Théâtre du Monde*. Ed. Nyon, 1775,

Très belles épreuves avant la lettre grandes marges, rare.

ROUSSEAU (J.-J.)

149. Suite de douze figures in-8 de Gravelot, pour la *Nouvelle Héloïse*. Ed. 1764.

Double suites gravées par des artistes différents. On y a joint un portrait frontispice. Ensemble vingt-cinq pièces.

ROUSSEAU (J.-J.)

150. Suite de un portrait d'après Degault et 5 fig. in-8 grav. par Copia d'après Prudhon, pour la *Nouvelle Héloïse*. Ed. Bossange, 1808.

Belles épreuves remargées.

151. Suite de quarante-deux figures in-8 dont deux portraits de J.-J. Rousseau et Madame de Warens, pour les *Œuvres*, édition Dalibon, 1827.

Belles épreuves avant la lettre sur papier de Chine à toutes marges dans la couverture de publication.

152. — La même collection.

Epreuves avant la lettre sur blanc, m. in-4 dans la couverture de publication.

153. Suite de un portrait et quatorze figures in-8, d'après Johannot Devéria et Burdet pour les *Œuvres*. Ed. Armand-Aubrée, 1834.

Epreuves avant la lettre sur papier de Chine, marges in-4 dans la couverture de publication.

154. — La même collection.

Epreuves avant la lettre sur blanc dans la couverture de publication.

SAINT-LAMBERT

155. Un frontispice et quatre figures in-8 de Gravelot et Le Prince, pour les *Saisons*. Ed. de 1769.

Epreuves avant la lettre, petites marges.

156. Suite de six figures in-8 de Moreau le jeune, pour les *Saisons*. Ed. de 1776.

Superbes épreuves avant la lettre, grandes marges, très rare. Il manque la planche de *Zinéo* pour que la suite soit complète.

157. Suite de un fleuron de titre et quatre vignettes têtes de pages dess. et gr. par P. P. Choffard, pour les *Saisons*. Ed. de 1769.

Très belles épreuves en tirages à part, marges, très rare.

SAINT-PIERRE (Bernardin de)

158. Suite de un portrait et dix figures in-8 de Corboult, pour *Paul et Virginie* suivi de la *Chaumière indienne*. Neuf figures in-12 de Corboult pour le même ouvrage.
Ensemble vingt-deux pièces avant la lettre, à toutes marges.

159. Suite de un portrait par Wedgwood et dix fig. in-8 d'après Corboult, pour *Paul et Virginie*, suivi de la *Chaumière indienne*. Ed. Lequien, 1830.
Epreuves avant la lettre, sur blanc et sur Chine.

160. Suite de neuf figures in-18 à claire-voie par Corboult, pour *Paul et Virginie* suivi de la *Chaumière indienne*. Ed. Lefèvre, 1830.
Epreuves avant lettre, en feuilles, gr. in-8.

161. Suite de un portrait et six figures in-12, dess. et gr. à l'eau-forte par Ed. Hédouin, pour *Paul et Virginie*. Ed. Jouaust.
Très rares épreuves d'artistes en double état ; avec remarques et eaux fortes pures sur papier du Marais (tirage à deux exemplaires).

162. — La même collection.
Epreuves avant la lettre sur papier de Chine, gr. in-8

163. — La même collection.
Epreuves avant la lettre sur papier de Hollande, gr. in-8.

164. — Suite de douze figures in-4 gravées à l'eau-forte par : Boulard fils d'après les compositions de Maurice Leloir, pour *Paul et Virginie*. Ed. Launette.
Belles épreuves avant la lettre sur papier du Japon, in-fol.

165. — La même collection.
Très belles épreuves en triple états, eaux-fortes pures, épreuves d'artiste avec remarques et avant la lettre sur papier du Japon, in-fol.

SARCEY (Francisque)

166. *Paris vivant*. Suite de trente-deux vignettes gravées sur bois d'après Gérardin, Lepère, Moulignie et Tinayre.
Fumés sur papier de Chine in-4.

SCOTT (Sir Walter)

167. A series of illustrations of the poetical Works. Suite de dix figures in-18 d'après Robert Smirke. *London, by Hurst, Robinson and C°*, 1823.

Belles épreuves avant la lettre sur papier de Chine, m. gr. in-4 dans la couverture de publication.

168. — Suite de un portrait d'après Leslie, et vingt vues d'Ecosse d'après Turner, gravées par les meilleurs artistes anglais.

Très belles épreuves avant la lettre sur papier de Chine, marges in-fol. On y a joint un portrait de l'auteur gravé par Hopwood. Ensemble vingt-deux pièces.

SÉVIGNÉ (Mme de)

169. Suite de un portrait en pied et dix-sept figures in-8 têtes de pages, dess. et gr. à l'eau-forte par Foulquier, pour les *Lettres choisies*. Ed. Mame.

Epreuves avant la lettre sur papier de Chine volant, gr. in-8.

STAAL DE LAUNAY (Mme de)

170. Suite de un portrait et quarante figures et vignettes dess. et gr. à l'eau-forte par Lalauze, pour les *Mémoires*. Ed. Jouaust.

Epreuves avant la lettre sur papier de Chine, gr. in-8

STENDAHL (Henri Beyle)

171. Suite de trente-une vignettes, têtes de pages par Vion, pour *Rouge et Noir*. Ed. Conquet.

Epreuves en double état. Eaux-fortes pures et terminées sur papier du Japon. Gr. in-8.

THIERS (Adolphe)

172. Suite de soixante vignettes et portraits in-8 d'après Raffet et autres, pour le *Consulat et l'Empire*. Ed. Furne et Cie, 1845.

Epreuves du premier tirage, en livraisons.

THIERS (Adolphe)

173. Suite de soixante-quinze vignettes et portraits gravés sur acier d'après les dessins de Karl Girardet, Sandoz et autres, pour l'*Histoire du Consulat et de l'Empire*. Ed. Paulin, 1859.

Epreuves du premier tirage en livraisons.

TRESSAN (Comte de)

174. Suite de un portrait et de douze figures in-8, pour les *Œuvres*. Ed. Nepveu, 1823.

Epreuves avant la lettre, grandes marges.

VIGNETTES ROMANTIQUES

175. Frontispices, vignettes, titres de romances. Trente eaux-fortes et lithographies par Célestin Nanteuil.

Belles épreuves.

176. Frontispices et Eaux-fortes par Boisselat. Onze pièces.

Très belles épreuves, la plupart en épreuves d'artiste.

177. Frontispices, Vignettes et Eaux-fortes par Alfred Albert, Forest, E. May, Bousquet, Decaisne, Monvoisin, etc. Quinze pièces.

Belles épreuves.

178. Eaux-fortes et Lithographies par J. Gigoux.

Belles épreuves, la plupart avant la lettre.

179. Frontispices, Vignettes, Fleurons, etc., par Daumier, Doré, Delaroche, Les Johannot, etc. Vingt pièces. Eaux-fortes et lithographies.

Belles épreuves.

180. Eaux-fortes et Lithographies par Delacroix, Etex, Joddé, les Johannot, Lafosse, Roqueplan, Rude, Scheffer, Wattier, etc. Vingt-six pièces.

Belles épreuves.

VIGNETTES ROMANTIQUES

181. Lithographies tirées du Monde dramatique par C. Nanteuil, Forest, Melingue, Noël, Benjamin, etc.
Belles épreuves.

182. Scènes de Théâtre. Dix-sept lithogr. par Boulanger, David, Nadar, C. Nanteuil et autres.
Belles épreuves.

183. Onze Lithographies, Eaux-fortes, et gravures sur bois, par Raffet, Gigoux, Feuchère, Johannot et autres.
Belles épreuves.

184. Lithographies, Eaux-fortes et gravures sur bois. Environ cent trente pièces.
La plupart sur papier de Chine volant.

185. Gravures sur bois et eaux-fortes. Vingt-six pièces.
La plupart sur papier de Chine volant.

186. Eaux-fortes par Alf. Albert et Nanteuil. Bois par Johannot, Monnier et autres. Vingt-huit pièces.
Très belles épreuves, la plupart sur papier de Chine volant, à toutes marges.

187. Eaux-fortes, Lithographies, gravures sur bois, tirées de l'Artiste et de différents ouvrages du XIXe siècle, environ cent cinquante pièces.
Un grand nombre sont tirés sur papier de Chine volant.

188. Gravures sur bois. Lithographies, extraits de différents ouvrages de 1825 à 1850. Soixante-quinze pièces.
La plupart des bois sont avec le texte au verso.

VIGNY (Alfred de).

189. Suite de un portrait et six figures in-8, gravées à l'eau-forte par Champollion d'après Le Blant, pour *Grandeur et servitude militaire*. Ed. Jouaust.
Epreuves d'artistes avec remarques, sur Hollande, in-4.

VOLTAIRE

190. Suite de quarante-sept portraits par A. de Saint-Aubin et cent treize figures in-8 de Moreau le jeune, pour les *Œuvres*. Ed. Renouard, 1802.

Superbes épreuves avant la lettre, les portraits avec la lettre grise, grandes marges in-4.

191. — La même collection.

Très belles épreuves avec la lettre du 1er tirage, en feuilles in-4. De la plus grande fraicheur.

192. Cent trois planches doubles de la même collection.

Belles épreuves avant la lettre, grandes marges : Henriade. 10 p. — Pucelle, 8 p. — Pièces historiques, 5 p. — Romans et contes, 26 p. — Théâtre, 40 p. — Planches doubles, 14 p ; ensemble 103 pièces.

193. Soixante-trois figures in-8 de Moreau le jeune, dont 21 pour la *Pucelle* et 42 pour le *Théâtre*. Edition de Kehl, 1784-1785.

Belles épreuves avant la lettre, marges, in-8 et grand in-8.

194. Suite de dix portraits en pied et soixante-dix figures in-8 de Desenne, pour les *Œuvres*. Ed. Beuchot, 1826.

Belles épreuves avec la lettre sur papier de Chine, en feuilles gr. in-8. (Manque la Pucelle et deux portraits).

195. — La même collection.

Epreuves à l'eau-forte pure sur blanc, à toutes marges.

196. — La même collection.

Belles épreuves avant la lettre sur papier de Chine, moins la figure du Dimanche, conte qui est avec la lettre, en feuilles gr. in-8. (Manque le chant XIII de la Pucelle).

197 Suite de neuf portraits et trente-huit figures in-8 d'après Moreau le jeune pour les *Œuvres*. Ed. Lefèvre.

Belles épreuves avant la lettre sur papier de Chine, m. in-8.

VOLTAIRE

198. Suite de un titre, avec portrait de Voltaire, un frontispice, dix figures et dix vignettes têtes de pages d'Eisen, gr. par de Longueil, pour la *Henriade*. Ed. de la Vve Duchesne, 1770.

Superbes épreuves avant la lettre, grandes marges, la plupart en feuilles, le titre, est avant le texte gravé, de toute rareté en pareil état.

199. Deux feuilles de dédicace et de titre gr. par Beaublé, portraits de Henri IV, de Voltaire et du Prince de Prusse gr. par Duclos et Langlois, et dix figures in-4 de Moreau le jeune pour la *Henriade*. Ed. de Kehl.

Très belles épreuves avant la lettre, grandes marges, manque le chant 1er; plusieurs planches ont les noms d'artistes tracés à la pointe; ensemble 14 pièces.

200. Neuf planches doubles.

Très belles épreuves avant la lettre, grandes marges.

201. Suite de dix figures in-18 de X. Leprince, pour la *Henriade*. S. d.

Epreuves en trois états, eaux-fortes pures, avant et avec la lettre, en feuilles gr. in-8.

202. Suite de un frontispice représentant Voltaire assis et Jeanne d'Arc debout, un portrait de Jeanne d'Arc et dix-huit figures in-18 attribuées à Marillier pour la *Pucelle*. Ed. Cazin, 1777.

Très belles épreuves, grandes marges avec le mot *Book* en haut du sujet, remargées à chassis de format in-4.

203. Suite de un frontispice et dix-huit figures in-18 attribuées à Marillier pour la *Pucelle*. Ed. Cazin, 1777.

Belles épreuves de cette suite galante, remargée à chassis pet. in-4. (Le frontispice est à grandes marges.)

204. Dix-sept figures in-8 d'après Lebarbier, Marillier, Monnet et Monsiau, pour la *Pucelle*. Ed. Didot, 1795.

Epreuves à l'eau-forte pure, remargées à plat, gr. in-8. (Il manque les chants IV, V, VI et VII pour que la suite soit complète).

VOLTAIRE

205. Suite de deux portraits, un frontispice et vingt-et une vignettes in-18, têtes de pages par Duplessis-Berteaux, pour la *Pucelle*, tirage de Leclère.

Epreuves sur vergé gr. in-8.

206. Suite de 33 figures in-8, d'après Moreau le jeune, pour les *Romans et Contes*, pub. par Renouard.

Belles épreuves, en feuilles de format in-4.

207. Deux portraits et dix-neuf figures in-18 gravées à l'eau-forte d'après Monnet, Marillier et autres, pour les *Romans et Contes*. Ed. Lemerre.

Epreuves avant la lettre sur papier de Chine in-4.

208. Vingt-et-un portraits in-12 gravés par A. de Saint-Aubin, formant le complément des 160 pl. publiées par Renouard.

Très belles épreuves avec la lettre grise, en feuilles, gr. in-8.

209. Dix-sept portraits doubles.

Epreuves avec la lettre grise et ordinaires, en feuilles.

210. Son couronnement sur la scène du Théâtre-Français, réduction in-8 par Couché d'après l'estampe de Moreau le jeune.

Epreuves en trois états, eau-forte pure, avant et avec la lettre, en feuilles.

ZOLA (Emile)

211. Suite de un portrait et dix figures in-8 gravées à l'eau-forte par Duvivier, d'après Dantan pour une *Page d'amour*. Ed. Jouaust.

Epreuves en double état sur papier du Japon Eaux-fortes pures et avant la lettre avec remarques. Ensemble vingt-deux pièces.

212. Suite de cinquante-et une figures in-4 gravées sur bois par Clément Bellanger, d'après les dessins de G. Bellanger, pour *Pot-Bouille*.

Epreuves sur papier de Chine volant.

Grande Imprimerie du Centre. — HERBIN, Montluçon.

www.ingramcontent.com/pod-product-compliance
Ingram Content Group UK Ltd.
Pitfield, Milton Keynes, MK11 3LW, UK
UKHW022002260726
13994UKWH00004B/1905

9 782329 440026